管他妙點子還是鬼點子，只要盡全力，
危險的旅程，也會成為珍貴的回憶。

——荷馬 《奧德賽》

奧德賽 / 荷馬(Homer)原著；腓德烈.柯丁(Fredrik Colting),
瑪莉莎.梅迪納(Melissa Medina)改寫；尹藝止繪圖；周惠
玲翻譯. —— 初版. —— 新北市：字畝文化創意出版：遠足
文化發行, 2019.05
　　面；　公分
譯自：The Odyssey
ISBN 978-957-8423-79-4(精裝)
871.31　　　　　　　　　　　　　　108006550

Thinking **038**

奧德賽 The Odyssey

原著｜荷馬 Homer
改寫｜腓德烈·柯丁 Fredrik Colting & 瑪莉莎·梅迪納 Melissa Medina
繪者｜尹藝止 Yeji Yun
譯者｜周惠玲

字畝文化創意有限公司
社　　長｜馮季眉
編輯總監｜周惠玲
責任編輯｜洪　絹
編　　輯｜戴鈺娟、陳曉慈、徐子茹
美術設計｜洪千凡

讀書共和國出版集團
社　　長｜郭重興　　　發行人兼出版總監｜曾大福
業務平臺總經理｜李雪麗　　業務平臺副總經理｜李復民
實體通路協理｜林詩富　　網路暨海外通路協理｜張鑫峰　　特販通路協理｜陳綺瑩
印務經理｜黃禮賢　　印務主任｜李孟儒

發　　行｜遠足文化事業股份有限公司
地　　址｜231 新北市新店區民權路 108-2 號 9 樓
電　　話｜(02)2218-1417
傳　　真｜(02)8667-1065
電子信箱｜service@bookrep.com.tw
網　　址｜www.bookrep.com.tw

法律顧問｜華洋法律事務所　蘇文生律師
印　　製｜中原造像股份有限公司
初版｜2019年 5 月8日 初版一刷
　　　2021年 4 月　 初版三刷
定價｜350元
書號｜XBTH 0038
ISBN 978-957-8423-79-4

趣讀文學經典

希臘文化不朽巨著　　荷馬史詩

奧德賽
THE Odyssey

原著 —— **荷馬** Homer

改寫 —— **腓德烈·柯丁** Fredrik Colting
　　　　瑪莉莎·梅迪納 Melissa Medina

繪圖 —— **尹藝止** Yeji Yun　　翻譯 —— **周惠玲**

Table *of* **Contents**

目　　錄 ——————————

About *the* Author
作者簡介 ─────────────

荷馬是一個人名，古希臘人說他就是《伊里亞德》和
《奧德賽》的作者。這是有史以來最著名的兩個故事，
最早大約從三千年前，以詩歌的形式流傳下來。人們把
這種講述英雄冒險故事的長篇詩歌，稱作「史詩」。
在那個時代，人們並不會馬上把故事寫下來，而是口說
給朋友聽，或者把故事變成歌曲，唱給朋友聽。就因為
這種隨意流傳故事的傳統，所以歷史學家不太確定，這
些故事的作者，真的是一位名叫荷馬、來自土耳其的盲
眼詩人，或者其實是由許多不同詩人創作的故事混合而
成。你一定認為，我們應該要知道，是誰寫了這麼有名
的故事──可是……，那是很久、很久，很久以前的故
事呢！

在阿欽諾斯國王的豪華宮殿裡，有一位盲眼詩人開始吟唱起故事。突然間，其中一位賓客哭了起來。阿諾斯國王問這位陌生人：「你是誰？為什麼這個故事讓你這麼傷心？」這位陌生人回答：

「我是伊薩卡的國王奧德修斯。我去參加了特洛伊戰爭。戰爭結束之後，我就一直設法要回家。」

國王看著他，不太相信他所聽到的事情。國王
問：「特洛伊戰爭十年前就結束了。你怎麼這
麼久還沒回家？」奧德修斯深深吸了一口氣，
開始描述他漫長又艱難的故事。

奧德修斯國王和他的妻子潘妮洛普，統治一個叫做伊薩卡的希臘海島。他們過著幸福的日子，而潘妮洛普剛剛生下一個小男孩，取名為鐵拉馬庫斯。有一天，斯巴達的國王前來請求奧德修斯，幫忙攻打特洛伊。從伊薩卡到特洛伊，距離可遙遠呢。

他們需要奧德修斯，因為他是一位堅強又聰明的領袖，更是一個非常了不起的戰士。奧德修斯不願意離開他的妻子和兒子，但最後其他希臘城邦的國王們仍說服了他參戰。奧德修斯知道，這一場戰爭很難打。可是他沒想到，回家的路會這麼難。

奧德修斯完全沒料到，這場戰爭竟然拖了那麼久，打了九年都沒結束。最後，奧德修斯想到了一個好點子。

他命令部下建造一隻巨大的木馬，然後將它放在特洛伊城門外。接著，他們假裝搭船離開。當特洛伊人看見大木馬，心想那一定是打勝仗的戰利品，於是將它拖進城裡。沒料到，奧德修斯和士兵們就躲在大木馬裡。到了晚上，他們偷偷爬出木馬，打開城門，放其他的希臘軍隊進城。就這樣，希臘聯軍贏得勝利，奧德修斯的妙計結束了這場戰爭。

奧德修斯終於踏上回家的路。
不過，回家的路途很不順利。

他和部下總共搭乘了十二艘船離開特洛伊。船
上的食物，很快就吃光了。他們太餓了，於是
登上奇科涅斯島去偷了幾頭母牛，就在海邊烤
肉吃。結果，所有人被追打著逃離那座島。

後來，當他們肚子又餓了，就把船停泊在食蓮族的島。奧德修斯的三個部下吃了島上的神奇蓮花果之後，開始變得懶散、行為怪異。奧德修斯趕緊將他們救出，然後快速離開。食蓮族的島真是個麻煩的地方！

隔天早上，他們來到了另一個陌生地方，奧德修斯帶了幾個部下四處去探險。他們發現一個巨大的洞穴，裡面裝滿了牛奶和乳酪。太好了，現在他們有食物吃了！突然，傳來一陣震耳的腳步聲！原來是洞穴的主人，他是一個臉上只長著一隻眼睛的獨眼巨人！獨眼巨人抓住他們，還吃掉了其中兩個人，然後倒頭呼呼大睡。

聰明的奧德修斯，很快就想出了一個妙招。當獨眼巨人醒過來以後，奧德修斯問他叫什麼名字。「波呂斐摩斯。」獨眼巨人回答，然後反問奧德修斯的名字。奧德修斯告訴他說：「我叫『沒人』。」等獨眼巨人再度睡著以後，奧德修斯立刻把一根木樁，戳入巨人的大眼睛裡！波呂斐摩斯痛醒之後不停大叫，他的鄰居全跑過來看，究竟發生了什麼事。他的尖叫聲從洞穴裡傳來，叫喊著：「沒人殺我！」。鄰居以為他只是在開玩笑，轉頭就離開了。

隔天一早，當眼睛上還插著木樁的獨眼
巨人打開洞穴的大門時，根本看不見奧
德修斯和部下，正從洞門口逃出去。奧
德修斯的計謀成功了！

18

他們很快逃回船上。奧德修斯覺得自己很厲害，於是
神氣的轉身對波呂斐摩斯大叫：「嘿，獨眼怪，你被
我們騙了！」波呂斐摩斯氣瘋了，他跑去跟父親海神
波賽頓告狀，請父親幫他報仇。

奧德修斯一夥人很快又抵達一座漂浮的島，那是風神埃奧羅斯居住的地方。風神很友善，答應要幫助他們回家。他給了奧德修斯一個袋子，裡面裝著全世界的風（除了西風），好讓西風將他們直接吹回家。風神叮嚀奧德修斯，一定要回到伊薩卡之後，才可以打開袋子。

奧德修斯和他的部下謝過埃奧羅斯之後，就划著船離開。果然，西風帶著他們迅速回到伊薩卡。就在他們的船即將進入港口的時候，一位好奇的水手忍不住打開袋子……。一陣突然襲來的強風，又將他們吹回埃奧羅斯的島。埃奧羅斯猜想，他們一行人可能是受到眾神的詛咒，所以拒絕再次幫助他們。

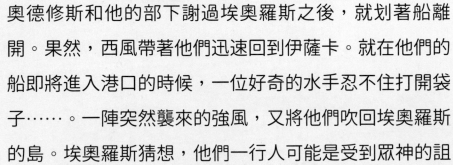

既然現在已經沒有任何風能幫忙了，他們只好自己划船。划
呀、划呀，他們終於來到另一座領土。可是他們立刻發現，這
裡到處都是會吃人的巨人，還特別喜歡希臘士兵的滋味呢。

奧德修斯和部下拼命想逃離，可是巨人們用大石頭丟他們，將
他們的船砸到只剩下一艘。巨人們還用矛刺殺水手，就好像在
叉水裡的魚。奧德修斯只能無助又恐懼的看著他的部下，一個
個被叉起來吞掉。

雖然只剩下一艘船，奧德修斯依舊重新踏上旅程，這一次他
們來到瑟西的島。瑟西是一位女巫，她用美妙的歌聲誘惑奧
德修斯的部下，餵他們吃超級豐盛的美食，讓他們變成豬！

奧德修斯一知道部下出事了，跑去試著拯救他們。很幸運的，他在半路上遇見神的使者荷米斯。荷米斯給了他一株香草，只要吃下香草，就可以對抗瑟西的巫術。

香草果然有效！沒受巫術影響的奧德修斯，要求瑟西將所有的豬都變回人！瑟西得知是眾神在幫助奧德修斯，於是她同意了奧德修斯的要求。在那之後，她變得非常和善，招待他們吃住，任由他們愛待多久都可以。

當奧德修斯準備離開時，瑟西提醒他前方即將會發生的危險，例如，會有海妖用歌聲迷惑水手，讓他們失神而撞船。

機智的奧德修斯帶著部下，安全通過危險區域。他叫部下將他緊緊的綑綁在船桅上，同時讓水手用蠟塞住耳朵，就不會聽見海妖的歌聲而受到誘惑。

等他們通過海妖的地盤之後，緊接著又面臨更大的危險：他們必須躲過一隻六頭怪獸，和一個巨大漩渦。要是不小心，船就會被大漩渦吞沒。奧德修斯命令部下使出全力划船，愈快愈好。就在這時候，六頭怪獸俯衝下來，吃掉了六個水手！剩下的人全嚇壞了，他們只能繼續拼命划，直到終於逃脫。

下一站，他們來到了太陽神赫利歐斯的島，而且被困在島上整整一個月。很快的，食物吃光了之後，大家開始擔心會活活餓死。有一天晚上，趁奧德修斯睡著以後，水手們殺了幾頭太陽神的牛來吃。

太陽神赫利歐斯氣得發狂，他請天神
宙斯處罰他們。於是，當奧德修斯一
行人準備登船離開時，宙斯劈下一道
巨大閃電，將所有人殺死，只有奧德
修斯奮力爬上一片木板，逃過一劫，
活了下來。

奧德修斯在大海上漂流了九天，沒有食物也沒有水，最後漂流到了女神卡呂普索的島上。卡呂普索孤伶伶一個人住在島上，她很開心能有人來作伴。

事實上，她愛上了奧德修斯，不願意放他離開！奧德修斯變得愈來愈不開心，他渴望能回到妻子和兒子身邊。

幸好這時候，他的好朋友女神雅典娜，從
眾神居住的奧林帕斯山上往下看，看見了
傷心難過的奧德修斯。於是她說服宙斯，
下令卡呂普索放奧德修斯離開。

奧德修斯造了一艘小船，準備航行回家，可是滿心怨恨的海神波賽頓，發現奧德修斯還活著！他一心只想讓奧德修斯在大海浪中永遠消失。

靠著幾位善心女神的幫助，奧德修斯再度逃脫險境。他游呀游呀，一直游到了腓尼基的海邊，然後來到了阿欽諾斯國王的宮殿。當阿欽諾斯國王聽他講述過去十年來這段辛苦、漫長的返家之旅時，阿欽諾斯國王非常驚訝，十分同情奧德修斯的悲慘遭遇，於是決定要幫他一把。

這時候，在伊薩卡……

奧德修斯的兒子鐵雷馬庫斯已經二十歲了，他一直都在等
待父親回家。而他的母親潘妮洛普仍然十分美麗，很多人
試著說服她，奧德修斯早就死了，她應該改嫁別人。事實
上，現在就有一百零八個討人厭的追求者，整天待在伊薩
卡的王宮裡，就像不懂規矩的訪客，賴著不走。

有一天，雅典娜女神來拜訪鐵雷馬庫斯，
叫他去尋找他的父親。於是，鐵雷馬庫斯
出門去拜訪幾位奧德修斯的老戰友，他們
都向他保證，奧德修斯一定還活著！

阿欽諾斯國王很同情奧德修斯，於是給了他許多珠寶，隔天還派一艘船護送他安全回到伊薩卡。十年漫長的回鄉之路，讓奧德修斯身心疲累，於是他一路昏睡。有一天早上醒來之後，奧德修斯發現自己終於回到故鄉。

他的朋友，雅典娜女神，在海岸邊迎接他。她知
道，那些粗暴又吵鬧的追求者如果知道奧德修斯
回來了，一定不會放過他。於是，她讓奧德修斯
喬裝成一個老乞丐，走進屬於他的宮殿。

潘妮洛普終於受不了那些整天念念叨叨的人，於是勉為其難的答應再婚。可是，該選誰呢？她說，誰能拉開奧德修斯的弓，她就嫁給他。所有的追求者都認為自己做得到，可是一個接著一個，全都失敗了。

突然，有位老乞丐站出來說：「讓我試試看。」每個人都嘲笑老人的狂妄，結果他卻輕易的拉開弓，還射穿十個銅環，大家全看傻了。所有人這才發現，這位老乞丐就是奧德修斯。

二十年後，
他終於回到家了！

奧德修斯趕走所有心懷不軌的追求者，他終於能夠再度擁抱妻子和兒子。這位勇敢又聰明的英雄回家了，這趟史上最了不起的冒險旅程，也來到了終點。

趣讀這一趟勇敢的旅程 Analysis

《奧德賽》是史上最古老、最著名，也非常神奇的故事之一。這個故事是一段奇幻的冒險，當中主要是討論**思鄉之情**。在這個史詩故事裡，我們隨著英雄奧德修斯的腳步，去了無數個地方，看著他經過十年漫長戰爭之後，竭盡全力想要回到家鄉。奧德修斯很強壯、英俊、機智、勇敢，而且受到人民的愛戴，希臘神話裡的天神與女神也很喜歡他。可是，他在旅途中的運氣似乎不太好，因為磨難一個接著一個到來。每一次，當他覺得自己就快要回到家了，就會有可怕的事情發生，打亂了他的計畫。從吃人的巨人到女巫的詛咒、從海上暴風雨到神的惡意報復，魔法與幻覺，所有想得到的麻煩，奧德修斯一個都沒逃過！有時候，麻煩是他和他的部下自找的，因為貪心、愛吹牛，或者愚蠢！幸好，聰明的奧德修斯能**從錯誤中學習**，即使在他就要失去一切的時候，他也**從不放棄**。

另一方面，他一直很堅強，從沒失去與家人團圓的希望。而且他很幸運，妻子潘妮洛普始終堅貞的等他，沒放棄他，對奧德修斯有十足的信心，相信他不是凡夫俗子。

回家之路十分漫長而且恐怖，但它也是一次偉大的冒險，鍛鍊奧德修斯成為一位更強大的戰士、更英明的國王。人生就好像一趟「奧德賽」，它是一個漫長的旅程，有時候會發生可怕的事，但也會有很多重要的、讓人覺得興奮的事情。所以，讓我們從奧德修斯身上學習到**勇敢和毅力**，不管旅程的前方有什麼，**勇往直前**。

趣讀人物 Main Characters

奧德修斯
Odysseus

本故事的主角。他是伊薩卡的國王，也是一位
勇敢又聰明的戰士。他在打贏漫長的特洛伊戰
爭之後，展開了千辛萬苦的返鄉之旅。

潘妮洛普
Penelope

奧德修斯的美麗妻子、伊薩卡的王后。
她非常有耐心，也有非常多的追求者！
可是她仍然堅貞的等到奧德修斯返家。

鐵雷馬庫斯
Telemachus

奧德修斯的兒子，從小到大
都等待著父親回家。

雅典娜
Athena

善良的智慧女神，幫助
奧德修斯順利回家。

波呂斐摩斯
Polyphemus

海神波賽頓的兒子，一個獨眼巨人，最喜歡的點心是——希臘士兵。

波賽頓
Poseidon

海神，奧德修斯弄瞎了他兒子（獨眼的巨人），讓他十分生氣。

宙斯
Zeus

眾神之王，住在奧林帕斯山上。不論是誰，最好別跟他作對。

瑟西
Circe

美麗的女神，也是一位女巫。剛開始，她對奧德修斯不太友善，但最後仍願意幫助他。

卡呂普索
Calypso

一位孤獨的女神，將奧德修斯困在她的島上長達七年。

阿欽諾斯國王
King Alcinous

腓尼基的國王，在聽了奧德修斯艱辛的旅程之後，非常同情他，並且幫助他回家。

埃奧羅斯
Aeolus

風神，住在一座漂浮的高島上。

赫利歐斯
Helios

太陽神，如果你膽敢吃他心愛的牛隻，他會大發雷霆！

趣讀關鍵詞 Key Words

奧德賽 Odyssey

指一段漫長的、過程宛如奧德修斯這段艱辛的冒險旅程。

希臘神話 Greek Mythology

關於眾神、英雄與世界萬物的神話與學說，是古希臘人信仰的一部分。

英雄 Hero

勇敢的戰士。希臘人敬畏英雄，並相信英雄的地位介於人與神之間。奧德修斯就是一位著名的希臘英雄。

天神與女神 Gods and Goddesses

希臘故事裡所描繪的超自然生命。其中，有十二位主要的希臘神被稱作「奧林帕斯諸神」，因為希臘人相信，這些神居住在奧林帕斯山上。

毅力 Perserverance

就算遇到困境也不放棄。在經歷十年戰爭之後，奧德修斯還能在返家之旅的十年中，面對一次又一次的苦難，他一定擁有無比強大的毅力。

報復 Revenge

回擊曾經傷害你的人。例如，波賽頓報復奧德修斯，就是因為奧德修斯傷害了他的兒子波呂斐摩斯。

堅貞 Loyalty

潘妮洛普對奧德修斯十分忠誠，因為她等他回家等了二十年。用現代的話來說，就是「愛」！

幻覺 Illusions

在這個故事裡，幾乎所有事物，都不像外表看起來的那樣：花是魔法、美妙的歌聲是死亡陷阱、一個老乞丐其實是伊薩卡的國王。即使是機智的奧德修斯，也曾經被迷惑，分不清何者是真、何者是假。

趣讀難忘情節 Quiz Quesitons

奧德修斯想回到哪裡？

A. 特洛伊

B. 卡呂普索的島

C. 伊薩卡

奧德修斯如何贏得特洛伊戰爭？

A. 他雇了一幫巨人來幫忙

B. 他設計一隻巨大的木馬進行奇襲

C. 比腕力

哪一種水果吃了讓人行為怪異？

A. 蓮花果

B. 百香果

C. 香蕉

奧德修斯告訴波呂斐摩斯，自己叫什麼名字？

A. 某個人

B. 不可能

C. 沒人

為什麼波賽頓會對奧德修斯生氣？

A. 奧德修斯吃了他的牛

B. 奧德修斯弄瞎了他的兒子

C. 奧德修斯阻止他娶潘妮洛普

在瑟西的島上，奧德修斯的部下發生了什麼事？

A. 吃得像豬

B. 吃了很多豬

C. 變成豬

為什麼聽海妖們唱歌很危險？

A. 因為她們的歌聲會讓人恍惚失神

B. 因為她們唱歌太難聽了

C. 因為她們的歌聲會造成海漩渦

有多少人在追求潘妮洛普？

A. 12

B. 20

C. 108

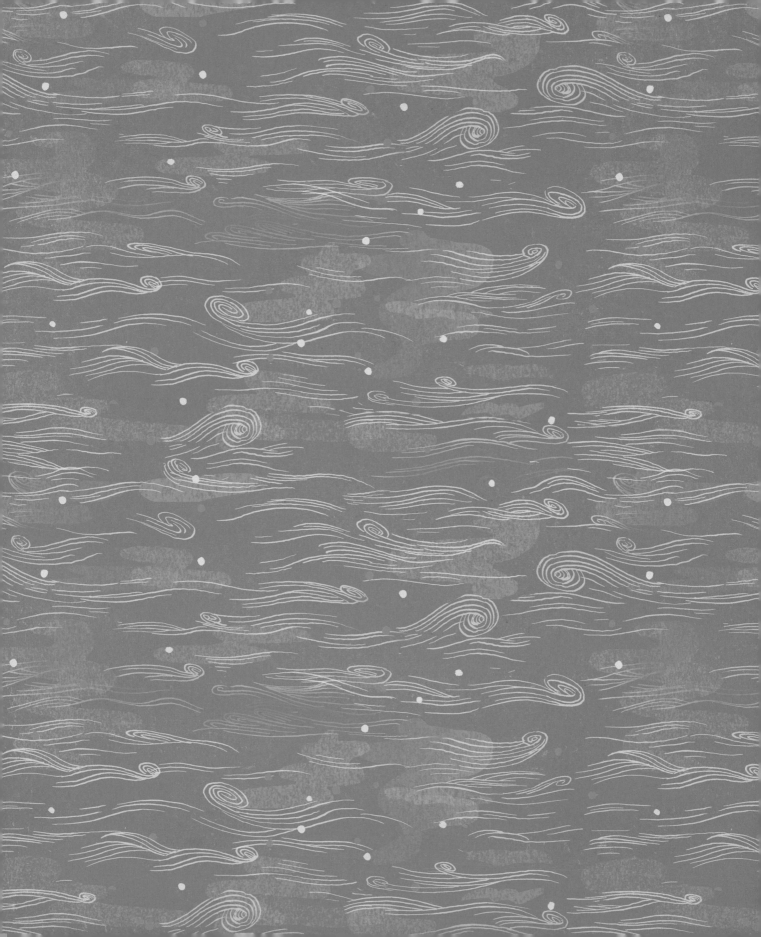